知音

——吳淑麗詩選集

吳淑麗 著

卷一

感懷

願／009
蓮／012
秋／015
悼／018
短箋／021
感懷／024
雨季／027
童年／030
惜时／033
聞蟬／036
無題／039
流轉／041
發端／044
知音／047
日落／050
昨夜／054

卷二

寂寞在生活中穿行

雕像／057
玩布／060
苦楝花／063
上弦月／066
蘆洲情／069
福山植物園／074
戀戀明池／078
貓空之夜／085
露營——新店長青谷之夜／087
轉折／093
詩／096
微型詩／099
寫一首詩／102
不寫詩的日子／105

還要寫詩嗎？／107
夜之組曲——夜祭／110
夜之組曲——失眠／113
夜之組曲——聆／116
夜之組曲——世情／119
寂寞在生活中穿行／122
煞忠——SARS風暴有感／125
南屯寫真／127
自殺／130
病／133
病房守夜／136
傷心端午／140
秋日心情／147
酒鬼／150
老農／153
遊民／156
手機／160
暖冬／163

卷三

心世界／166
戲寫網路情——知音滿天下，相識無一人／169

附錄

「假裝」的「氛圍」
——解析〈轉折〉一詩　懷鷹／173
舉酒澆愁愁更愁
——試析吳淑麗女士的短詩〈酒鬼〉　趙樹中／177

卷一

感懷

願

但願我是
奔騰的河流
馱負藍天
擁覽春花秋草
豪壯的
笑

而我卻是
怯怯的湖泊
歲歲年年
反芻

四季積累的
淚

《葡萄園詩刊》一五四期

蓮

亭亭　婷立水中
織夢
夏季最古典的容顏
豐潤朱唇
輕抿
微啓
燦笑

一方小小大千
逃不脫的宿命啊
在污塵裡落籍

風聲水起
空靈絕塵
妙香幽遠的丰姿招展
翩翩水袖
癡候濂溪

《葡萄園詩刊》一五〇期

秋

夏的餘燼
桂香中閃熠生光
金黃色華美
織繡郊野的圓裙

旋舞
樺斑蝶翩翩
酬唱綠繡眼的銀鈴

浪飲妳的眼波
冰封前
最後一朵紅豔

再旋舞
睫影深處
潾潾一鏡豐潤藍天

《葡萄園詩刊》一五六期

悼

妳有如落花
飄墜的剎那
煙塵中可有親人的婆娑淚眼

許多事
雙手無從掌握
死亡不盡然悽惻
長存不盡然福樂

彩筆一揮
結集的畫冊
端看感人幾許

何需在意薄厚
闔上雙眼
所有懸念煙消
一綹思念的長髮
由此紮根

《葡萄園詩刊》一六三期

短箋

多事的一年
今秋
我把自己遺忘
靈魂深鎖在遙遠的山谷
唇間滿是苔痕
冬天到了
沉睡吧
寂靜的園子
蒼白星月

來年
期望春花喚我
以一場清香小雨

《葡萄園詩刊》一七三期

感懷

瞬間
紅顏已成白髮
永遠
似在彈指之間

美麗終結
哀愁一一兌現
這世事不曾因誰而改變
風的寂寞
穿透雨的織線
愛戀幾許
隱入歲月長河沉澱

聆聽命運的私語
典藏繁華滄桑
昨天　今天　明天
今天　昨天
明天　今天

《秋水詩刊》

雨季

千萬縷心弦
網住一個點
費力旋扭齒輪
製造些兒生機

活著
需要不斷的努力
遠眺信仰的明天當慰藉
疲憊時
唯有隨時釋放自己

不必告訴我

陽光的消息
失落了繁花
我的目光穿越窗口
在灰灰的雲影下
凝結

《葡萄園詩刊》一七五期

童年

是流螢　一盞盞
閃熠異鄉街道
在中年以後的夜裡

是噴泉
間歇噴湧
甜苦間雜的泉水
澆灑逐日乾涸的心床

有時　是散落鏡片
分持在手足掌中
團圓

是來自母親的聲聲呼喚
匯聚成炬
晚來
燃燒漸沉漸低的天空

《葡萄園詩刊》一六七期

惜時

時間是老天給的財富
依據前世因果
酌量發放

暴發戶們，一擲千金
種種豪奢
眉頭也懶得一皺
待阮囊羞澀
錙銖必較，又將如何
願為守財奴

分分毫毫，精打細算
並且打結，上鎖

《葡萄園詩刊》一四八期

聞蟬

暫緩你的步履
仔細聆聽
仲夏的蟬唱
或者掩耳匆匆走過
深懷恐懼

急就章的聲勢
一洩如注
傲然滴濺
夏的焰火
鋪灑一湖清涼

不久，終是一曲絕唱
林間空蕩
繁華　戛然而止
一如生滅

《葡萄園詩刊》一四八期

無題

二〇〇三年春天
一隻鴿子死於伊拉克上空

二〇〇四年春天
兩顆子彈爆裂色彩迷彈
福爾摩沙的三月
僅容藍、綠兩種顏色
島上的鴿子
紛紛墜海

《葡萄園詩刊》一六二期

流轉

誰在街角守候
昨日
迷惘的惡犬狂吠
夢想一再跌跤

誰在街角守候
明日
魔術師的黑色長袍
重重
將繽紛掩盡
誰在街角守候

今日

擦肩而過

陌生人似曾相識的神色

明日推擠今日
今日打發昨日
前仆後繼
今日明日一一淪陷

無數個昨日
在街角
對我訕笑

《海鷗》復刊廿八期

發端

告別美麗的邂逅
惆悵久久不去
漫長的等待啊
竟如是匆匆

流螢是夜夢清脆的鈴響
曇香是異鄉街道飄忽的鬢影
微風是戀人眼底無法描摹的笑意
而快樂
是早夭的彩蝶

豐盈、善感的

十八歲的跫音
喜歡在憂鬱的秋天逗留
是沉溺
也是一種氣候

莫遣簾外的月光來探我
驕陽止步
霜雪聽不見春風呢喃

痴人竟日守著湖面
不讓花葉
飄　落

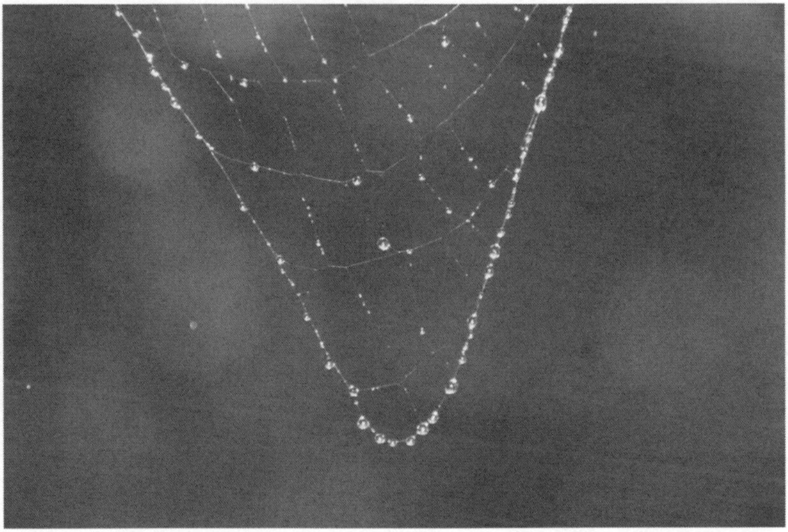

知音

愛戀一首歌
在我們相遇的國度
所有音符
錯錯落落
掛滿今夜的大空

往事的流螢怂飛
懸念的清風
輕攏竹簾
微光中
乍見久違的靈犀

自別後
不曾有夢
冷然走過每一個四季
花間無酒
只有蒼白的詩句

從來不是浪漫的人
深情
是最強烈的咒語
千年萬年
幾度輪迴
依舊記取彼此的存在

《秋水詩刊》一二三期

日落

多麼想望我們的歌
根植四季
縱然有著淡淡的愁
停落在黃昏的窗口

曾經
把夢懸在夢裡
描摹
一樁樁可能的結局

我們的星光
閃熠在半醒半醉間

輕笑
是疲憊時
遙遙傳遞的溫暖

最初的雨季
有一朵雲
飄落你我之間
迤然成河

日昇後
向陽的花兒
總把淚珠收藏葉下
不讓風兒瞧見
蓄酒的雙眸
預見明日沉沉的悵然

日落時
讓秋風輕輕
默默地
把你的影子
帶走

《葡萄園詩刊》一六四期

昨夜

醒來
不知身在何處
夢是夜的鈴鐺
朦朧傳遞
似真似幻的旋律

我在夢裡
羈留白日的記憶
我在夜裡
擁吻夢中的月光
夜的小舟晃漾

擷取夾岸花香
年少的容顏
忽遠忽近

相思的影子
若隱若現
飄飄渺渺
一聲聲　長長的嘆息

濃霧掩來
著一襲柔軟薄衫
茫茫
滑入夢的搖籃

《秋水詩刊》一三〇期

雕像

痛苦的時候
用歡樂的面具
偽裝

尋找更深層的苦痛
扛在肩上
來吧，折難
挑戰極限的頂端

習慣了風雨
習慣了驚懼
所有愛戀憎怨

換取一聲長嘆
陶鑄一尊
微笑的
堅毅雕像

玩布

布為紙
針做筆
線是墨
一筆一畫
一字一句
拼貼一首詩
揮灑一幅畫

筆韻墨氣
裱褙
平凡中的多彩歲月

歡笑，淚水
祝福，思念
一一凝在筆尖

日日夜夜
我在燈下
絮絮低吟

二〇〇八年七月十三日

苦楝花

妳說
這麼美的名字
不該有此悲情的名字

三月
細雨微風
飄墜淡紫的細碎小花
淚眼中溫柔的笑

苦苦的戀啊
是滿庭無語的幽香

年年
把春光染成淡淡的　灰

《葡萄園詩刊》一六二期

上弦月

寒冬
在日落後咀嚼寂寞
許多人如此

誰的面容如一首詩
值得細細品味
誰的背影如一首歌
迴盪在夜色中
久久不去

歡樂如潮
倏地向遠方隱去

總有多情的人吧
問候每一盞燈
每一顆星
每一片繁華
寂寞向來獨自咀嚼
微笑　向你

《葡萄園詩刊》一六一期

蘆洲情

觀音山下
淡水河畔
蘆荻泛月佳景
撩動懷古幽思

李氏古宅
難捨世代風華
封藏歲月疊影
匿隱
市聲之外
鬧市中

湧蓮寺諸神
莊嚴護衛
善男信女冀求的心中淨土

鄧麗君故居
容顏已改
甜蜜的歌聲依舊
溫慰鄉親晨昏

龍鳳堂的極品糕點
香傳千里
釋放誘人訊息
邀您細細品味
豐盈的，鷺洲小城

註：這首詩是筆者在二〇〇三年應蘆洲龍鳳堂老餅舖之邀所作（當時並沒有寫鄧麗君這段），應用在包裝提袋上。後來，筆者再度受邀為新產品「小鄧餅」寫一首小詩，應用在包裝貼紙上，順便再補上第四段。龍鳳堂是蘆洲知名的傳統老餅舖，結合附近的鄧麗君舊宅、李氏古宅、紫禁城文物館……等，皆為蘆洲一日遊的著名景點。

《葡萄園詩刊》一六七期

小鄧餅

鄧麗君的故鄉
蘆洲
因她而更美麗
永遠的歌聲
留駐此地
小城的鄉親
把懷念攏在餅裡
淡淡幽情
甜蜜蜜

註：二〇〇五年五月，應龍鳳堂之邀，為小鄧餅寫詩，寫了幾首由他們挑選，挑中的就是它。

福山植物園

管控人類的侵擾
大自然
以自在面貌現身

哈盆溪的清流
吟詠一首柔柔詩歌
林蔭中
山羌輕靈閃躲
獼猴遙遙觀望
水蘊草款擺柔肢
在水底輕舞

台灣萍蓬草
妝點小鸊鷉快樂姿影
馬口魚
是流利墨筆
山水倒影的畫布上
殷勤書寫

漫步其間
驕陽無力炫燿溫度
雲霧飄然
腳步微醺
醉　在綠光中

註：福山植物園位於台北縣烏來鄉福山村與宜蘭縣員山鄉湖西村之交界處，保留著原始森林風貌，為了讓動植物休養生息，入園時間、人數多有限制，每年三月更是全園關閉。

寫於二〇〇六年七月

《葡萄園詩刊》一七二期

戀戀明池

之一・林間

逃離炙熱酷暑
尋味生活
啜飲滿山清馥

蟬聲拉長如帳濃蔭
沿途追逐
風的琴韻
詩人的腳步

巨老林木
以長者之姿
守護千年土地
苔蘚的語言
留給落葉去解讀

七月的遊客
不會在此悼念繁華
抖落憂鬱外衣
驚喜擁抱最初的自己

註：明池森林遊樂區座落在宜蘭縣大同鄉北橫公路最高處，標高約一千二百公尺，終年煙嵐繚繞、雲霧飄渺。

之二・水琴窟

誰來挑起
我深藏的寂寞
林蔭深處
飄飛的夢絮集聚

你的手
有著感知的語言
輕輕淘洗
不忍離去的眷情
千年相思
於是幽幽解放

滴

滴

垂

落

喚醒記憶的那首歌

註：水琴窟——源自日本茶道，是利用茶席間洗手用之「手水缽」所流出的水，涓滴流入埋藏於地下之水甕，欣賞其發出回聲是為「水琴」

之三・木屋

戀上可以赤足的露台
茶香書香頓然失寵
濃蔭中
芬多精慷慨放送
蟬鳴似在履踐一場盟約

這當下
什麼都是多餘
只想放空
放空

推門

一再重溫
入房的那股幽香

我在檜木懷抱中酩酊
流浪的夢
至此歸鄉

《葡萄園詩刊》一七六期

貓空之夜

酒香　茶香
年輕的歌聲
夜夜　迴盪山谷
掩盡騷人墨客閒情

夜貓子的天空
繁燈如星
車河人影匯聚
台北　另一個東區

越夜
越美麗

《葡萄園詩刊》一五四期

露營——新店長青谷之夜

大地溫柔
似慈母胸膛
今夜
沉沉酣眠的床褥

風聲如濤
水響似風
熊熊營火
對訴一朵朵酡紅

塵煙盡褪
恣意舒展囚居的靈魂
蟲鳴
是小醺中縈迴的鄉音

擁抱睽違星空
泥土啊
孺慕貼近你
每一吋
每一秒

夜露輕輕親吻枕蓆

《秋水詩刊》一二一期

卷二

寂寞在生活中穿行

轉折

避免落入那樣的氛圍
我闔上詩眼
假裝
這世上只有生活真實存在

所有美麗的印記
都用血汗莊嚴鐫刻
不斷遊走
在一個又一個疲憊的城市
孤寂的時候
影子也悄悄出走

當憂鬱高舉勝利的火把
我學會截斷記憶
讓日子散落如音符
不是一首哀歌

我又看到
微微的
一燈如豆

《葡萄園詩刊》一六九期

詩

文字瀚海中
一顆顆珍珠
渾圓　晶亮

點點滴滴
一次　再一次
腸迴淬煉
凝聚穿結成串

沒有鑽石奪目光彩
不懂金碧取悅世人
珠珠粒粒自然渾成

心園的幽輝
長年綻放

《葡萄園詩刊》一四八期

微型詩

（一）日曆

毫不留情
與昨日一刀兩斷

（二）日記

收藏昨日
日復一日　年復一年

（三）紙鳶

把你的名字放飛
扯痛心的手

《中國微型詩》

寫一首詩

如花綻顏
盡展一身精魂
蜂擁蝶來
繆斯循著幽香
攀叩門窗
吮吸靈的蜜汁
餽贈豐美漿液

愁悒　病苦
歡樂中
忍把浮名
換得精瘦數語

燦開一庭雅麗

新月悄悄
依近床頭

《海鷗》復刊廿七期

不寫詩的日子

流雲呵
曳著七彩扇尾
輕笑　翩然走過我的窗

《葡萄園詩刊》一六二期

還要寫詩嗎？

景氣低迷
人們急切構索因應之道
開源節流
培養第二專長

還在寫詩嗎？
一步一步乞
半片半片衣
吟哦再三
換不得斗米
虛名空懸夢田
燦笑他人奚落的唇邊

還要寫詩嗎？
汲汲無盡的繁華
靈魂在暗夜饑嚎
生命燭火
明滅在未知的風口

四壁蕭然
荊釵布裙
縱身無垠的靈麗快逸
我　無悔
還要　還要寫詩

《葡萄園詩刊》一五三期

夜之組曲

——夜祭

深夜對鏡
醇醇一杯紅酒
獨酌

眸眼微醺
踉蹌雜沓的渡口
可曾清清明明
凝神交接

陰　陽
生　死

善　惡
黑　白

當我闔眼
不眠的世界
上演多少繽紛
（夜夜不忍深睡
不捨錯過種種未知）

天明
笑迎第一道永恆
是否
依舊我們同在

《葡萄園詩刊》一五一期

夜之組曲

——失眠

一睡解千愁
今夜　無端遺落
夢的鎖鑰
秒針追逐分針
分針催促時針
喋喋
叨叨
過動的靈魂
茫然遊走

執拗步履
貪戀夜的風華
遲遲不願歇息

雞鳴
是曙光的燈塔
隱隱
孤懸在疲憊港灣

《葡萄園詩刊》一五一期

夜之組曲

——聆

深夜
細數你的步履
揣想夜歸情緒
不見抑揚頓挫
不聞輕重緩急

飲足了世情
江湖風雨
平息
這時刻
唯有疲憊

如影忠實依隨
走過一盞街燈
側入一座花門
輕叩
我夢的邊界

《葡萄園詩刊》一五二期

夜之組曲——世情

慣於蟄居夜霧
隱身朦朧
透射明亮亮雙眸
常明火種
胸中燃燒熊熊

朗朗足印
輕漾漣漪
掀開薄紗層層
彰顯
幕幕醜惡

漸行漸緩　漸沉
終有一夕
足下紮了根
不再昂然前行

真情寥落
無力的雙手　緊緊
遮裹眼、耳、鼻、口
與　心

《葡萄園詩刊》一五二期

寂寞在生活中穿行

讚賞紊亂吧
惟有如此
才能自高處望見自己

寂寞是厚重的鞋
深緩足印
穿行夜的叢林

眾聲啊眾生
盡隱遙遙天際
歡樂柔弱的翅翼
載不動無盡虛空

越過孤高峰群
彷彿
日夜迴盪
聲聲
呼喚自己

《葡萄園詩刊》一六五期

煞思

——SARS風暴有感

掩了口鼻
我們用眼耳呼吸

單行道
准進不出

於是
超重了
心的負載

《葡萄園詩刊》一五九期

南亞寫真

碧海　藍天
椰影　沙灘
他們躺著
假期，浪漫繽紛

藍天　碧海
沙灘　椰影
他們躺著
罔然，無聲無息

二〇〇四年歲末
一場猝不及防的

海之叛變　深深
擊傷我們的眼睛

《葡萄園詩刊》一六五期

自殺

不該遠離枝頭
你是風中迷途的綠葉

白晝
減了又除
黑夜
加了再乘

命運的逃兵
果真掙得永遠的空淨
遺留未竟篇章

以血淚輪迴
不斷不斷填寫

《葡萄園詩刊》一六六期

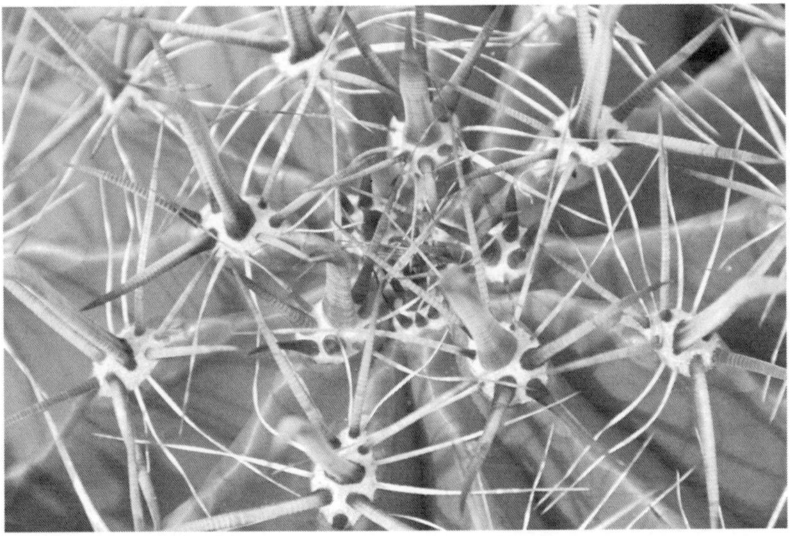

病

受困在一個角落
遍尋不著出口
風景突然停格
隱約聽到
熟悉的歌聲
靈魂倦了
囚禁活躍的肢體
誰能走過多雨的小徑
為我

撐一把傘
誰能在夜幕降臨時
為我
點一盞燈

想念窗外柔柔的陽光
想念深夜濃濃的書香
想念自己
想念
可以呼喊的宇宙

《葡萄園詩刊》一六八期

病房守夜

劇咳之後
沉沉睡去
突然墜入夢境
噩夢之後
依舊
連串噩夢

顫抖的手
無意識揮舞
茫然空洞的眼
無力探索
白晝黑夜　現實幻境

鼻管、人工血管
胃鏡、氣管鏡
化療、電療
驕傲巨人
淪為病魔俘虜
一聲又一聲
一次再一次
掏自肺腑，無奈的咳
是我無力的　痛

想牽著您的手
逃離白色囚房
想陪伴您
重返故鄉的青翠田園

時間靜止了嗎
爸爸
病房的夜
好深
好冷、好長

《葡萄園詩刊》一六八期

傷心端午

陰曆五月
天空的眼淚
未曾止歇
又一個傷心端午

解脫病苦
您
走
了

不捨
化為一聲聲佛號

南無阿彌陀佛
南無阿彌陀佛

化為一朵朵紙蓮
徹夜運霄
守著靈前一炷香
一瓣瓣摺疊

疊捲著往事、思念、與哀痛
您　微笑注目
一百零八朵
綴滿一條蓮花被
覆在棺上
願您了無罣礙

安抵西方極樂世界
我們說好了
不掉淚

不哭不哭
不能哭
南無阿彌陀佛
不哭不哭
不能哭
南無阿彌陀佛
不哭
不哭
…………

【後記】

去年中，家父因咳嗽不止，吞嚥困難而開始求診，從南部的大醫院到北部的大醫院，肺部檢查都沒什麼大問題，後來，咳嗽日益嚴重、無法進食，就連喝水都有困難，九月，急診，作斷層掃描、照胃鏡，才發現胸腔內一顆九公分大的腫瘤；食道癌第四期，開始一連串的檢查、治療，化療、電療、鼻胃管餵食機進食、食道破洞放置人工支架……漫長的過程，兄弟姊妹日夜輪班照顧，點點滴滴，不忍回首……

三月以後，爸爸的情緒愈來愈差，體力愈來愈弱，四月，幾乎天天罵人，每隔一小時要在背部、四肢擦抹乳液、酸痛藥膏……五月底、日夜呻吟、沒有食慾，所有的人（包括爸爸自己）都快崩潰了，急診住院，打嗎啡止痛，卻依舊日夜哀嚎……最後，在睡夢中，走了……我們用佛教的儀式送爸爸走完最後的這段路程。

《葡萄園詩刊》一七一期

赴約——給彩羽先生

詩人節前夕
詩人向塵世告別
瀟灑赴約
屈原倉卒發的請帖

二十餘載
亦師亦友情誼
寫的說的全是詩句
詩鄉裡
墨鄉裡
勢必處處皆是您的足跡

來不及兌現的諾言
是否相約
夢裡再續

【後記】

家父過世後兩天，彩羽先生也走了。

自一九八二年因詩結緣（我投稿詩作，他是副刊編輯）至今，三度相見，並一直以書信、電話聯繫，最早的時候，他總是不厭其煩的指導我寫作。

最後一通電話是在今年春天，我問候他的近況，並告知家父的病情種種，他要我自己多保重，邀我有空到台中，要在他經營的書舖裡挑幾本好書給我看……

秦嶽老師說，彩羽先生走得很突然，這樣也好，免於遭受病魔折磨，只是，無法向這位亦師亦友的前輩告別，總是遺憾……。

二〇〇六年

《葡萄園詩刊》一七一期

秋日心情

有一些話
遺落在深秋的河底
我讓殘陽相伴
俯看一段無言歲月
回顧昔日繁華的溫柔

山風演繹一幕幕出走的心情
花事已了
芒原淒淒
不聽不言不寫
冷眼笑看世事
紛雜　紛雜

寒冬近了
秋的顏色秋的氣味
儘是蒼涼

酒鬼

清醒之後又如何
童年在酒香中復活
摯愛的人
醉眼裡輕展笑靨

踉蹌中乍現昔日風光
母親的背影
消逝在晃動的地平線

不必為我哀悼昨日
不必為我宣告未來
我的人生

掌握在手中

把名字遺忘

自尊埋藏

酒鄉裡坐擁太好河山

《葡萄園詩刊》一七二期

老農

靠天吃飯
自然不得怨天

抗旱　風災
水澇
鬥爭不了一張張謙卑的臉

不曾以汗水灌溉農田的人
擅自也擅長用口水
支援在土地上紮根的人

語言、文字、政策

同情、利用
無助作物生長
俱是沉默的父母
大地從不表彰自己
老農沒有假期
雜草　看不懂日曆

《葡萄園詩刊》一六〇期

遊民

曾經　叱吒商場
曾經　得意情場
故事
僅止是過去式
無關情節
誰管妳是酒國名花
誰識你是鄰村的殷實青年
結局就只有一個

所有的光與熱
疊聚今夜取暖的火堆
急急幻滅

餘溫難留

政局　股市

房價

失業率

日日在報紙上喧嘩

輕輕鋪躺石凳

當是今夜冷冷的床單

雙手提得起的

就是家當

相伴一瓶紅標米酒

為城市守夜

天明

冬陽是暖被
車聲人聲
是睡夢中
平安的聖樂

《葡萄園詩刊》一五七期

手機

人們喜歡囚錮自己
放任它
嬰啼般索魂
隨形，如影
私有衛星
四處
把行蹤播放
喃喃自語
旁若無人

無線的適意
無限牽掛

暖冬

年味淡了

寒風懶懶的敷衍
失去自信的農民曆
大雪　冬至　小寒
大寒　立春

節氣是鐘
無端鬆了發條
讓夏秋的薄衫
遲遲不得歇息
寒梅絕跡

人定勝天
之後
又如何
大自然敗北了
不再孕育兒女

《葡萄園詩刊》一七四期

心世界

西元二一〇〇年
台北街頭

擦肩而過
軀殼頂著一具具螢幕

毋須開口
心事自己坦白
「她的打扮好詭異」
「沒禮貌，這樣子看人」
老實的字幕
無止境

挑起街頭戰事
人們開始向詩人學習
在心的土地
栽植
美麗的字句

《葡萄園詩刊》一五二期

戲寫網路情
——知音滿天下，相識無一人

敲打鍵盤
攻佔你的心房
誰能拆解防衛偽裝
識破惡意欺瞞

真心容易受傷
虛情或有人賞
癡情的人緊守一扇窗
多情種四處流浪

螢幕裡幻影幢幢

遍地星星月光
你有閑情幾許
試把苦樂嚐

下線猶似進高牆
攬鏡對殘妝

《葡萄園詩刊》一七〇期

卷三

附錄

「假裝」的「氛圍」

——解析〈轉折〉一詩

懷鷹

吳淑麗對「生活」這個真實的存在，既無奈、傷懷又難受，既無法躲藏又無法避免，只得用「調侃」的方式去面對，在面對的過程中，心裡湧現出一股逼人的滄桑感。

詩人說：「避免落入那樣的氛圍」，那樣指的是什麼？就是真實的生活。生活成了一種氛圍，有被困的生活，所以詩人被迫要「闔上詩眼」，面對咄咄逼人的生活，詩人不是用凡人的肉眼，而是用詩人的慧眼去觀照——這就是詩人與凡俗看待生活的不同層次。「闔上詩眼」是為了「假裝／這世上只有生活真實存在」。其實，生活的涵蓋面是無邊際的，即使是思維活動裡一朵微小的浪花，不管真假，都是「真實的存在」。

就是這樣的氛圍，讓人覺得真實的生活很殘酷：你無從躲藏，又不甘蟄伏於這樣的存在，與它（生活）抗爭嘛，恐怕會鬥得頭破血流，傷痕累累；放棄嘛，等於是屈服於生活的重軛下。惟有假裝它存在，就把內心的情愫調動起來。假裝這個動作，其實也是很實在的，它是詩人的內心語言。生活並不因為你的「假裝」就消失得無影無蹤。但在詩人眼中，由於內心的假裝，可以暫時把眼前的生活「偽裝」起來。詩人通過真實（假裝）的寫法去表現另一個「虛擬」的真實（存在），在讀者腦中勾勒出「那樣的氛圍」，它可以是詩人的想像，以實寫實而疊變成「虛」的幻覺從而達到虛實相合——契合了詩題的想像空間（轉折），氛圍由於假裝而實設出真實的存在，達到轉折的心理效應——讓我們從氛圍中去感受真實的生活，這已不是「假裝」了。

詩能寫到這樣豐富，的確不同凡響：「所有美麗的印記／都用血汗莊嚴鐫刻／不斷遊走／在一個又一個疲憊的城市／孤寂的時候／影子也悄悄出走」

城市被詩人人格化了。這是一個疲憊的城市，也是詩人的肉體，從心靈到肉體，詩人也感覺疲憊了。用血汗鐫刻的美麗的印記，在詩人的心和肉體裡遊走。這些美麗的印記都屬於回憶，屬於歷史，也是一種真實的存在。存在是累人的負擔，難怪城市也疲憊了。「那樣的氛圍」一直延續到第二節詩中來，這已不是「假裝」可以填平的心緒。當城市疲憊的時候，詩人再也無力去抗拒假裝了，詩人的能量都被「氛圍」了，影子不得不向詩人揮手。影子是詩人最忠誠的友伴，連影子都要出走，可見那氛圍存在的重量何其大！

詩人接著說「當憂鬱高舉勝利的火把／我學會截斷記憶」

影子出走了，詩人孤寂了，憂鬱了。她沒有傾訴的對象，只能自己去學會截斷記憶。然而記憶能截斷嗎？這又是「假裝」的另一種包裝。「讓日子散落如音符／不是一首哀歌／

我又看見／微微的／一燈如豆」。詩人不讓日子沉浸在哀歌裡，不讓自己繼續疲憊，繼續憂鬱，於是又回到日程來——在微微的一燈如豆中，詩人又展開詩的翅膀，詩人的心緒又一次高揚——這就是詩人所說的〈轉折〉。

整首詩寫的是詩人一剎那間的心情，由〈那樣的氛圍〉牽引起澎湃的思潮。詩人對真實的生活是無奈的，但又不讓自己在真實的存在中繳械。詩人要用詩來唱另一首歡歌，以此轉換自己的心緒，同時把那樣的氛圍截斷，營造另一層次的氛圍。

詩寫得很有節奏，詩感強，緊緊扣住心緒的演變，在極其有限的空間裡演繹出亙古以來纏繞在詩人心裡的「結」——在真實的生活裡，如何讓藝術與生活獲得平衡，而這又是考驗詩人的「氛圍」；如何突破這樣的氛圍，達到詩與生活的統合。讀吳淑麗的〈轉折〉，你會有靈性上的共通。（參照原詩，頁九十三）

《葡萄園詩刊》一七〇期

作者簡介：懷鷹，原名李承璋，福建南安人，新加坡公民。曾在廣播局擔任華語戲劇組編劇長達十二年，寫過數十部電視劇；新加坡媒體城記者、撰稿人及導播，《聯合早報網》高級編輯，目前為專業作家。出版過二十二部著作，獲國內外二十三項文學獎項；第一屆《城市文學獎》冠軍，《宗鄉文學獎》小說組及散文組冠軍，主編過《青年文藝雙月刊》、《新加坡文藝》、《新城小小說》、《新城小作家》、《創新詩刊》等。擔任多項文學獎的評審以及駐校作家。目前為新加坡作家協會和新加坡文藝協會會員。

舉酒澆愁愁更愁
——試析吳淑麗女士的短詩〈酒鬼〉

趙樹中

吳淑麗女士的短詩〈酒鬼〉是一首耐人尋味、值得咀嚼的好詩，我讀後感慨良多。現在試做粗淺分析，以和同仁共享。

此詩寫的是人在醉酒後的感受，那感受是奇幻的、飄飄然的，真是樂不可支，卻也是愁苦的，愁不可耐。看來，詩的題旨就是要讓人充分體驗到舉酒澆愁愁更愁的人生況味。

詩的起句不凡。標題既是〈酒鬼〉，按常理該是從「醉」字開頭，但詩人偏從「清醒」二字下筆，橫空殺下一句「清醒之後又如何」，我們由此向深層挖掘，即會發現這所謂「酒鬼」不是鬼，而是一個假醉真醒的人，否則，他能清醒而深刻地思考「清醒之後又如何」的人生難題嗎？所以，此詩開章明義，就是要發動和引導人們對人生進行清醒的思考。

那麼，清醒之後究竟如何？詩人不直接回答，卻將筆鋒陡然轉入酒鬼這條主線，醉後的情景是多麼美妙啊……童年在酒香中復活了，摯愛的人在「醉眼裡輕展笑容」，昔日的風光乍現了，母親的背影又出現在眼前。詩人彷彿在鼓勵讀者：醉吧醉吧，只要一醉，便可重新擁有失落的一切，得到人生真正的快樂。但細心的讀者會發現，那所謂的「快樂」中仍然是浸透著愁苦與悲涼的。看吧，母親並未從正面而來親吻我們，我們只能遠遠看見她的背影，況且那背影又消失了，連那地平線也是「晃動」的，我們借助酒力所能追回的不過是虛幻的快樂，動搖不定的快樂罷了。

詩人緊承著第二節的「樂」，把筆觸伸向第三節，說「不必為我哀悼昨日，不必為我宣告未來」，因為「我的人生」是掌握在「自己手中」的，這是個何其達觀、何其驕傲、何其快樂的酒鬼啊！其實不然，因為「我」既是酒鬼，「我」的手中所能掌握的只不過是一杯酒而已，我的昨日、我的未來、我的整個一生的價值，就只不過是一杯酒罷了；況且說穿了，那酒也不是「我」所能掌握的，倒是「我」被那酒緊緊地掌握了，「我」不正是求酒、拜酒、靠酒才重獲了「我」失去的一切嗎？與其說「我的一生，掌握在手中」，倒不如說「我的一生掌握在酒中」呢！這難道不是人，特別是一個清醒的人的最大憂愁嗎？

然而，在第三節的「快樂」和「達觀」的基礎，詩人在第四節卻寫得更加「昂揚振奮」了。這裡，酒鄉裡的酒鬼，竟成了不可一世的帝王，他擁有大好河山，擁有所有的快樂和幸福，擁有……且慢！掉轉頭來看看詩的開頭吧：「清醒之後又如何」。如何？當然是相反！失去的童年依然失去，摯愛者依然未歸，仙逝的母親依然仙逝，乃至於比醉前更貧窮、更無奈、更愁苦。這就是「酒鬼」們最終的結局！這不就正是舉酒澆愁愁更愁嗎？

全詩就是這樣以得寫失、以醉寫醒、以樂寫愁，不著一字盡得風流。在章法上首尾相對、相照、且又相連，形成環狀，實為妙手之筆。

此詩的積極作用是明顯的：人生的失落是宏觀的、必然的、躲避不了的，所以我們要正確對待它、積極化解它，不要以此結愁，更不要借酒澆愁、酒中避愁，否則會成為愁愁相疊的「酒鬼」。（參照原詩，頁一五〇）

《葡萄園詩刊》一七三期

作者簡介：趙樹中，四川省成都市郫縣人，生於一九四〇年十月，現年七十歲。熱愛文學和書法藝術，現為中國藝術學會常務委員，又為四川省文學藝術研究會研究員，書法作品多次在中國大陸全國各類展賽中榮獲金、銀、銅獎。

語言文學類　PG0435

知音
——吳淑麗詩選集

作　　者 / 吳淑麗
責任編輯 / 孫偉迪
圖文排版 / 陳湘陵
封面設計 / 蕭玉蘋

發 行 人 / 宋政坤
法律顧問 / 毛國樑　律師
印製出版 / 秀威資訊科技股份有限公司
114台北市內湖區瑞光路76巷65號1樓
電話：+886-2-2796-3638　傳真：+886-2-2796-1377
http://www.showwe.com.tw
劃撥帳號 / 19563868　戶名：秀威資訊科技股份有限公司
讀者服務信箱：service@showwe.com.tw
展售門市 / 國家書店（松江門市）
104台北市中山區松江路209號1樓
電話：+886-2-2518-0207　傳真：+886-2-2518-0778
網路訂購 / 秀威網路書店：http://www.bodbooks.tw
國家網路書店：http://www.govbooks.com.tw
圖書經銷 / 紅螞蟻圖書有限公司
114台北市內湖區舊宗路二段121巷28、32號4樓
電話：+886-2-2795-3656　傳真：+886-2-2795-4100

2010年10月BOD一版
定價：220元

國家圖書館出版品預行編目

知音——吳淑麗詩選集 / 吳淑麗著.
-- 一版. -- 臺北市 : 秀威資訊科技, 2010.10
面； 公分. -- (語言文學類 ; PG0435)
BOD版
ISBN 978-986-221-582-1(平裝)

851.486 99016254

讀者回函卡

感謝您購買本書，為提升服務品質，請填妥以下資料，將讀者回函卡直接寄回或傳真本公司，收到您的寶貴意見後，我們會收藏記錄及檢討，謝謝！如您需要了解本公司最新出版書目、購書優惠或企劃活動，歡迎您上網查詢或下載相關資料：http:// www.showwe.com.tw

您購買的書名：________________________________

出生日期：________年________月________日

學歷：□高中（含）以下　□大專　□研究所（含）以上

職業：□製造業　□金融業　□資訊業　□軍警　□傳播業　□自由業
　　　□服務業　□公務員　□教職　□學生　□家管　□其它______

購書地點：□網路書店　□實體書店　□書展　□郵購　□贈閱　□其他

您從何得知本書的消息？

□網路書店　□實體書店　□網路搜尋　□電子報　□書訊　□雜誌
□傳播媒體　□親友推薦　□網站推薦　□部落格　□其他__________

您對本書的評價：（請填代號　1.非常滿意　2.滿意　3.尚可　4.再改進）

封面設計____　版面編排____　內容____　文／譯筆____　價格____

讀完書後您覺得：

□很有收穫　□有收穫　□收穫不多　□沒收穫

對我們的建議：________________________________

____

____

____

請貼
郵票

11466
台北市內湖區瑞光路 76 巷 65 號 1 樓
秀威資訊科技股份有限公司 收
BOD 數位出版事業部

（請沿線對折寄回，謝謝！）

姓　　名：＿＿＿＿＿＿＿＿　年齡：＿＿＿＿　性別：□女　□男

郵遞區號：□□□□□

地　　址：＿＿＿＿＿＿＿＿＿＿＿＿＿＿＿＿

聯絡電話：(日)＿＿＿＿＿＿＿＿ (夜)＿＿＿＿＿＿＿＿

E-mail：＿＿＿＿＿＿＿＿＿＿＿＿＿＿＿＿